入海的长笛

叶玉琳 著

长江出版传媒 | 长江文艺出版社

叶玉琳，女，生于福建霞浦，中国作家协会会员，福建省作家协会副主席，一级文学创作。著有诗集多部，获奖若干。其中，诗集《大地的女儿》入选中国作家协会中华文学基金会二十一世纪文学之星丛书·1996年卷。现居宁德。

目 录

第二辑　海水和星群

唯有大海不可临摹

第一辑

海上日出

清退幻觉中的万朵莲花
闪闪发光的大海之子
请以一个韵脚
压住波涛之上的喧哗

在你的光芒中
究竟还有多少光芒被抑制
大海一层一层掀开自己
仿佛群峰托起骄傲的星球
看，那个孤独的旅人在说
大海于天地
何尝不是一件稀世礼物

它腾空白茫茫中的一切
让你我转换视角
去见证永恒的歌者

去收拢空气中的眼泪和花开
去适应平常和奇绝、现实与魔幻
词语翻滚的深意
总是让人身陷其中
更多时候，大海会长出翅膀
它有遮天蔽日的美
以蓝胜蓝，不动声色

2023 年 3 月

世间万物都是奇迹

小小的渔村
一抹更高的光闪动
留在港口的小船不可冒犯
因为它能胜任春天的孤独

我在这里爱你
爱我的每一个亲人
像扇贝将珍珠含在口中
我们坐在浪花拍打的崖岸
耐心地垂钓坠落的光
爱需要更大的容器
盛放海水的咸和人间的酸
再接住月色翩翩落下的微甜
一种新的凝聚，在更深的漩涡里
这些菱形的光斑涌现
否则你不可能入眠

不可能昏睡

光阴流逝
世上再没有比这一刻更好的
万物都是奇迹，爱的火种
藏在语言的夹层
而遗留在出海口的滚烫诗句
正化作东海岸的晨曦

2025 年 3 月

当我说到春天

当我说到春天
叛离的风怀着疾速的幸福
我被此时裹挟
饱满的香气侵入梦中
也不能阻止
母鹿跳跃着穿过树林
旷野里有无数幽兰的叶片
任它咀嚼

我伸手摸了摸河流
又到月光小径休憩片刻
不必祝它沸腾
不必祝它慷慨
只想看见它和明月
共用一个相爱的身体

我在它的身上
写下晨曦初露的欢乐
也写下荆棘丛生的海崖
把伤疤锻造成铠甲
在没有预设的生之迷局
海与太阳相融
永恒筑就在没有风暴的声音里
“大海，已经完成了它的飞行”①

2025 年 4 月

① 化用自安娜·阿赫玛托娃的《海滨十四行诗》。

一种蓝突然荡漾开来

一口井曾经干涸
母亲亲手开垦的那片坡地
也日渐荒芜。漫长的孤寂
填满白天和黑夜
汽笛鸣响，最后一片海域
一口更深的井等待挖掘

海蛏子正在寻找藏身之所
大海要它们都活下去
在临近终点的时刻
某一种蓝突然荡漾开来
像被剪断的脐带
又像胎记长在灵魂上

有时听到风吹
细观蝶翼和沙尘

把我们想说的话都说了一遍
山穷水尽时
却也有带露的灌木历历可见
成群的荆棘鸟栖息在东海之滨
唱着绝不重复的曲调

我想擦掉歌声中的剧痛
去触摸飞翔的意义

2025 年 4 月

春天的本质

一个海螺来到海边
去建造地久天长的家
赶潮的人加入仪式
大海再次经历飞行

不要问春天的本质是什么
长夜永无止境
星光停泊在绿色码头
再没有什么比海岸更渴望春天
洁净的水，清爽的风
新生的土拨鼠，微卷的苜蓿草
太阳鸟在风铃木上挥舞着小翅膀
羽衣上的露水
坠在明黄色的花朵上

紫玉兰是最俏皮的诗人

舞动所有的枝丫

又瞬间屏息

细嗅着春天的芬芳

2025 年 4 月

大海：土生土长的女儿

那么多诗人从远方奔赴而来
写诗赞美你
我写不出更好的
流水的漩涡越来越大
我有越来越渺小的羞愧

我是你土生土长的女儿
是你的小渔船匍匐向前时
悄悄诞下的小浪花
天空铺满金色流云
那蓝色的渴望
有时是晕开的水墨
有时是刚长出的嫩芽
默默与我对视
你用月光和涛声喂养我
用鱼骨做成摇椅

将我包容

何其有幸
在谜一般的天光水色中
我和大海互为玩伴
穿越台风的风暴眼
和海蚀岛的褐色拱门
白色的水鸟在海面低飞
它们会见证
这片霞光照耀的大海
如何一次次生出了我

2023 年 3 月

除了海，我没有别的地方可去

我还有力量对你抒情
如果有人嫉妒
我就用海浪又尖又长的牙齿对付他
这一片青蓝水域经过发酵
变成灼灼之火
每个夜晚，我扇贝一样游弋着
和你重逢。看不见的飓风
在天边画着巨大的圆弧
又从海的脊背反射出奇景
在月光闪烁的海面
我们的身影会一再被削弱
仿佛大海的遗迹
所幸船坞不曾停止歌唱
我也有一条细弦独自弹奏
你知道在海里，人们总怕颠簸
可一个死死抓住铁锚

不肯低头服输的人
海也不知道拿她怎么办
那些曾经被春风掩埋的
就要在大海里重生
现在我只想让我的脚步再慢一些
如曙光中的蓝马在海里散步
我移动，心灵紧贴着细沙
装满狂浪和激流
也捂紧沸腾和荒芜——

除了海，我没有别的地方可去

2011 年 6 月

唯有大海不可临摹

风暴随时会冲上堤岸
这旷日持久的捶打
让海蚀洞绽开缝隙
谁能躲过那逆向的水流
谁就能卸下内心的湍急

时间在破碎与完整之间
浸润着平静的光
有时，看似毫无波澜的内心
也能找到大海的乳汁
它日夜滋养着我们
你听，为一个使命
蔚蓝乐章在海的另一头沉浮
唯有大海不可临摹

2022 年 8 月

在月光织成的丝绸中

在月光织成的丝绸中拥抱大海
桨归置于船舱，甲板停下萨克斯的演奏
某个相似的灵魂，此时他是湛蓝的

月亮的镜子替你照看大海
巨鲸之背，从内部发出光亮
仰望难免孤独，却也是一生的必修课

不如化身大海。隐藏的事物
全部居住在海里，爱也是
千万个深渊，千万种形态

“但永远不要靠得太近”①
隐喻使沉思的面孔多么美丽

---

① 出自佩索阿的《所谓高贵》。

与世割裂的美，必须独自完成

2025 年 5 月

风吹动大堤

容纳一切的海水
在家门前起伏
像我十三岁时的害羞和窘迫
无限深阔的海
源源不断地向我抛来
红藻、绿藻、海带、龙须菜
以及鱼、虾、蟹、贝

脐带般狭长的海滩
深绿色的海茸和白色的海笋
总是被母亲采摘制成佳肴
而红树林和水芫花都有深厚的根
我知道最终要代替她弯腰
淡淡地笑和叹息

风吹动大堤，像我莫名的心

害怕被谁看见
又渴望被什么触动
大海再次在幽暗中现身
作为最初的启蒙和最后的见证
教我爱和生活的能力

2025 年 5 月

寄大海

落日撕裂的大海边
祖母小心翼翼地拨开
缠绕在祖父身上的海草
她想用恸哭或者哑默
去唤回她的男人

那时，年幼的我对大海懵懂无知
只知道那一天，祖父像往常一样
径直摇着小舢板出海
却瞬间被狂浪吞没。从此
一个中年女人要独自面对大海
拉网，起锚
踏上台风和海兽并存的海域

有时想到这些
我会羞愧地低下头来

祖母、姑母、叔父、父亲……
那么多至亲常年劳作在海上
晕眩，痛风，骨骼变形
而大海没有枯水期
我窥见它的躁动不安

请给他们一个坚强的理由——
要挺住，要逆流而上
“我的嘴里有风暴的味道”①
如果长满波涛的手臂
不能抚摸远处的峰峦
就以岸的形式完美谢幕

如今我身处自由和幸福
却从未吝惜于悲悯
我的手里有火种
并且努力传递给他们
直到有一天
我和他们之间，不再隔着
无边黑夜和海水苍茫

2025 年 4 月

① 化用自张晓舟的《你嘴上有风暴的味道》。

听　鱼

做一条自由的鱼
深藏于喉的小语种
为一切事物命名
流动的广场、商铺、学校、车站……
周围是新鲜的脸庞
简朴、含蓄，挂着汗珠
沿岸的妇女在月下蹲着浣洗
手执鲜花的儿童在摸索中潜行
较为年长的人，在回忆
穿越所有景观

旅行者的今天和明天
在自己的身体里
海水接通废弃的花园
堆叠出草地或雪
透明的心脏

在从未居住的房屋

永恒的寂静
被伟大的诗人和哲学家发现
他们想表达的正是这闻所未闻——
难以追踪的飞鸟，无人知晓的树木
无法描述的波浪，无名的河流
潮汐在梦中袭来
紫丁香在庭院绽放
这一刻，大海和陆地都值得纪念

2025 年 2 月

海上写生

世上一定有某阵波涛
带来大化的消息
明与暗的对比
浓与淡的变化
色彩层层叠叠
海鸥展开梦幻的双足
它需要自己的喙
像寂静的鱼钩在深水下
垂钓细小的风景

自然恩赐你我，以散点透视
天真的海洋生物
流淌于海水中的时间与秩序
浑然忘我的妙悟
来自捕捞的渔夫

大海闪动浪波
渔家姑娘守在它身旁
低头哼唱渔歌
手里编织着渔网
与之相映衬的丘壑和景物
也许你从未见过
她一直在那里
恰似碧海推雪
柔波荡漾

2025 年 4 月

老船长

是时候要离开了
像婴孩离开母亲的子宫
最后一次，波浪的手
海燕的双翅，抚摸他
暗夜、风霜和星光雕刻的脸
这些我以前并不曾留意

阳光反射着黝黑皮肤
一张褶皱的海图铺展
蓝色海岸很快要生出新事物

他最后一次弯腰
向大地祈祷什么
土拨鼠在身旁跑来跑去
温暖的土块和再生草环绕着
我嗅到了花香

海水一样深沉的睡眠

2025 年 4 月

赶海的女人

骑自行车赶海的女人
开始是三个，后来是四个、五个
跟在这些叮当响的链子后面
跟在一连串狂野的笑声后面
我也想戴上宽檐草帽
把裤管扎进长及腰部的塑料雨靴
赶海去

趁着潮水还未泛滥
像挖掘一阕词、一首诗
我们寻觅良久
这个世界将由我们掀开
我们肩并肩，拉开海的界面
小船轻摇着，服从于我们的安排

海面很宽，可以容纳一生

希望这样的劳动一生两次
一次是在清晨，星星停留着昨夜的欢爱
大海还在睡梦中
另一次在午后
海渐渐接近深蓝
大片大片的波浪涌向脚边
我们将没有时间消磨
必须赶在回家之前
小心地捕捉
把双臂的召唤
收到金子织成的网中

2016 年 5 月

小渔村诗歌课

星光下，没有一座海
比他们的等待更焦渴

大海的颠簸中
我见到这样一群人
年轻、潮湿、脚趾粗黑

波光已经淡隐
渔具悄悄歪向一边
那些曾经远航的手
今夜从一首诗开始捕捞
前舱临时搭起了讲台
后舱响起老人均匀的酣声

渔灯闪了一下，又闪了一下
金色的词语

跳动在深深的海洋
明天他们又要像往常一样
在夕晖中返转
大海，轻轻地
推动吧！

2024 年 8 月改定

父亲与海

病床上昏睡的父亲
突然扯下
身上插着的管子
说要下海去

这个从小在海里活命的男人
至死都在惦记，海需要他
哪怕以如此决绝的方式

窗前一只灰鹭
一头撞向夜色中的大海
所有人都听见
玻璃碎裂的声音

2023 年 5 月

晒盐的女人

生活之舟卑微
煮海为盐的女人
在荒瘠的土地
开辟出一片盐田
借海水，分娩出白银
蓝色青春，灰色暮年

候鸟迁徙，蝴蝶振翅
太阳照耀的地方
栖息着洁白的灵魂

2025 年 4 月

码头搬运工

退潮了。弹涂鱼和花鲈
从海的缝隙中探出头来
金色光辉涂满它们的脸颊
刚卸完货物的海湾弓着背
笑了一下，又笑了一下
远方的鱼鼓响起
长满水草的音节、醇美的音节
借助云墙升起又缓缓落下

而这是单纯的、快乐的、迷人的
除了夜晚的星群还在礁岩跳荡
深深的海港很久没有这样平静
五个搬运工像五只水鸟
在半透明的水面低语，静听
他们原是这海湾的另一排浪
现在只等着海潮交汇

拉开世界的另一面墙

2015 年 3 月

渔村少年

黑松和相思树相互渴望
灯塔在石头厝旁矗立
仙人井有层出不穷的奥妙
所有热爱的事物都在
面目良善
而又各自高贵

可是除了你
什么样的风景能让目光低垂
有人说，大海就是要闪闪发亮
每个少年都值得春风眷顾
离我最近的那个少年
什么时候生出了大鹏之翅
蔚蓝的天空也为之倾斜
从此他不会夜夜起身
在海边的园子里栽种玫瑰

我不忍细看
从中间横亘过来的那座岛屿
怀揣怎样的梦境
坐看夕阳西下，豪气如虹

2021 年 11 月

宽　恕

直到最后一朵火烧云滑下桅杆
他还在大海中忙碌

抛却了故乡和妻儿
在这片水域谋生
再多的别离
在汹涌的海水面前
都微不足道
台风季总是飘忽不定
同样飘忽不定的
是来自远方的消息
大海永远无法知晓
也从不修正
自己制造了多少错误

月明之夜

大海停止了撕裂般的怒吼
扑朔迷离的海底
流水要唤醒时间之外的时间
把霞光铺成盛宴中的盛宴
一会儿，海蛎子和螃蟹
就该爬上海滩了
大黄鱼和白鲳也该跳出梦中的舞蹈

想想这一切
大海依然动人，值得宽恕

2020 年 11 月

海边民宿

不要触碰最爱你的人
她休憩于波涛之上

织梦者，和被梦见的人
互相藏匿，不可捉摸
窗前月色和海上渔火
为你勾画一个深邃世界
成为大海的蓝皮书

2025 年 2 月

年轻的港口

如你所见，大地安放不下的
最终被海水运送
震耳欲聋的清晨
塔吊和滚装船以大海为背景
寻找新的航程
年轻的港口，除了吞吐星星和鱼群
此时源源不断地输出
汽车、镍钢和铜
跳着圆舞曲周游世界
这庞大的事物，我爱它们
千锤百炼，无从模仿
更不会被牵绊。在此之前
我爱年轻的小城和它的异乡人
整个秋天，他们
从滚烫的钢花和奔流的铁流
提炼出比水更柔软的水

比铁石更坚韧的铁石

2024 年 9 月

海边风车

白色风车
一座星光摇篮

爱幻想的孩子
在蓝色臂弯里寻找自我
谁带着金色短筒
与翻卷的蝴蝶
一个郁金香似的谜团
自由而快乐
和你共启年轻的夜海

没有任何事物，可以像你这样
永不疲倦地扇动
精灵似的翅膀。灵魂的启幕者
借助大海，连接岸和岛屿
借助闪电，渴望重生

时间在你这里
融入造物者的神妙
创造出新的变奏曲
构筑绿色能量的守恒

2025 年 2 月

拆船厂

这些船的胎架
正被拆卸和刮洗
它的杉木外板已经破旧
看不出原来的模样

河道从清晨就开始退潮
山川风物让位给一条大船
愈来愈开阔的港湾
装上崭新的钢板、钉子和马达
和无数复杂的工序
替海打磨出
一张厚重的面孔

潮湿的时间之上
钢铁是柔软的
焊花是团结的

晚风中来不及回家的人
他们是快乐的——
在海浪的轻轻拍打下
一度低垂的头颅和弯曲的肋骨
已经完全嵌入了飞动的船舷

落日下坠
故乡，我所见到的大船
此刻安然停靠在船坞
像一首技艺纯熟的诗
只有无垠的大海
才配得上它的慈航——

它要远行，唤醒波涛和海上日出
以更大的波浪改写一代江河

2024 年 1 月改定

海上养殖场

进入一片白花花的海滩
成千上万的青鲟和红花蟹
坏脾气，却安于被人宠养
而那些呼朋唤友游动过来的
银鱼、巴浪鱼、大白鲳
它们在阳光照耀的海滨
告诉你自由、白和晶亮

陆与海，用一个词交接
浑浊、空阔，有奇异的咸味
是谁在片片翻动
腰缠浪花白的故乡
我转过身去看
青山、大地、灰绿色的砖瓦
海洋是天上之水，是大道的肉身
在一场潮汛与另一场潮汛之间

侧身走过，仿佛一条条丰满的鱼

春色渐好，却不黏滞
它经过了这个叫城澳的村庄
顺便带走一些旧事物
大海也在颠簸，变幻如虹
而人和花枝就要完全进入它的深部
这些带着泥土的香味
要带着整个海飞奔
海啊，愿你足以把这一切包容

2024 年 11 月

大海谣

夕阳在慢慢腾挪
整座海都在光中漂移

请以大地之爱
喂养龙须菜和花蛤
请以天空之眼
盯紧金枪鱼和梭子蟹
给它们出路和归途
大船摇摆，潮汐卑微
白海豚孤独如王
蓝色的呼吸楔入大海
苍凉，又安宁

东南海面
波光粼粼的水
反复运送着肥沃乡愁

一个渔排就是一个故乡
就是蓝调秘境
但当海潮退尽，浮日暗沉
你是否有足够的韧劲和勇气
抵达另一条陌生的海岸
是否仍有执念，有如
沧海遗珠，净水暖波
不荡漾就羞愧

2024 年 11 月

夜幕下的小渔村

你突然发现
这个世代以打鱼为生的小小村庄
竟然长出咖啡长出曲调
这个夜晚，是你一个人的
不存在搁浅的船
也没有山河动荡不安

学一学那个安静的外省人
无论是手工做的皮具
还是编织的桌布和枕巾
都镶满民谣和诗歌
他不知道前方
一座心思缜密的废弃仓库
也在酝酿一部神话
开头和结尾并不重要

迷离的灯光充当先遣军
照亮流水养育的生活
大排档烟火四溢
二十四孔桥和你推心置腹
整座大海都能听见你们的心跳
这个世界的美
总是在不经意中重建秩序
水幕电影留下怀中之吻
老码头却替你改写了乡愁

2024 年 11 月

与海为友

这些有着童话般名字的岛屿
这些七彩斑斓的渔家小屋
你要屏住呼吸
注视，倾听
与海为友，与德为邻

给大海披上洁净的衣裳
还她以高贵和尊严
这是我们永恒的初衷
有关她鼓乐般的渔汛
以及最新的传说
适合空中俯瞰
更适合谱成传奇

途经她的新型网箱规整多彩
途经她的宽广海面阡陌纵横

哦，这是我们想要的
全新的蓝色家园
这是与你我生命息息相关的
智慧海洋

请卸下那些过往
那些杂乱无序，那些海漂垃圾
有着密集恐惧症的人们
害怕病害的人们
如今正心怀流水
抵达这或方或圆的世界
大海深处
适合涌动的花瓣
也适合禅修和云游

而我们只有一种禀赋
那就是还她以景仰
替她收下海上明月
万物斑斓

2025 年 4 月

虎屿岛

世界上所有的蔚蓝
都在这里，虎屿岛
我那细胳膊细腿的母亲
养育我，给我蓝色的血液

没有早一步，也没有晚一步
我们做了亲人和同路知己
记忆中，你有着隐秘的两面
澄明和灰暗，富有与贫穷
那些年，你的海藻花开在哪
你的贝壳长在哪
在我的诗篇中，唯独没有写到灯塔
但无时无刻不在提醒自己
朝灯塔去

我像蓝鲸野蛮生长

又像小海鸥在你双臂间飞翔
对世界发出“咕咕”的低语
当我接受台风和海兽的挑战
黑夜与熊熊篝火一起旋舞
我的心，拥有星辰
拥有宇宙，拥有你
才有归宿

2025 年 2 月

下尾岛

黄昏的紫藤树下
我们说起下尾岛

故乡的东冲半岛
男人用古铜色的肩膀贴着海岬
用列阵的船队摆脱险境
女人在礁盘上敲打贻贝
这石缝中的生计
仿佛已经坚持了半个世纪
远处，海潮奔涌
海蚀洞傻傻分不清
女人、时间和万物

大海不说话，它的起伏
诞生了新的美学方式
像一首诗，悬而未落

不为人知

2020 年 11 月

这一切都是家园

比岸更重的人影
简陋的渔排木屋
闪烁着水光的挂蛎
这一切，都是家园

港汊弯弯曲曲
她的光脚丫，已略微变形
跟随在一艘旧木船后面
为了晾晒足够的盐和海带
随时被正午的太阳刺伤

远处是她年幼的儿子
松蟹一样初次探出洞穴
生命的接力在这片偏远的浅滩
有尚未命名的鱼群
整夜苏醒

大海，我们能为他们做些什么

2016 年 5 月

赛海马[1]

秋日午后，海潮退去
海滩黝黑，海鸟飞翔
一幅人间画卷
在天空的凝视下浮现

一只脚踏上滑板
另一只脚不停蹬地
滩涂赶海的轻盈
正如苍鹰掠过海面
滑翔的快乐
与讨小海时的收获同在

隆隆的小马达

---

① 流行于我国沿海地区的一项由海上生产劳动演变而来的传统体育和民俗活动。

和他们一起欢歌
年轻而富于激情
先辈们的桨紧握在他们手中
仿佛驱逐倭寇的刀枪
正突破重重雾霾
飞越风浪

2025 年 5 月

大海带我回家（长诗）

我有一片海
通往陆地和天空
也通往诗歌和内心
——题记

1

没有惊天动地的航海史
也没有永恒的人仰望天空
在叙述故乡的大海之前
我想先把一些故事
从礁石上搬下来

那一年，几个匪徒用锋利的刀枪
追砍全村，连一棵老茶树都不放过

我的曾外祖父被扑倒
在一艘等待修补的破船上
脚筋被挑出，脸和手掌
被剐成鱼片
牙齿一个个被敲落
却绝不松口，死死捍卫住
烽火年代的一个秘密

那一天，海是红色的
太阳很快出来
唤醒天边云彩
长眠于海岸的人
从马尾松间
长出翠绿色的羽翼

2

牙城湾，乌岐港
缠绕一生的海路
源自胆怯而瘦小的童年
那时我的爱多么徒劳——
台风和骤雨里有震怒的狮子
小船漂到屋顶
牲畜冲到下游
悲伤覆盖整个村庄

铅灰色的大海，海雾布满天空
仿佛又一个陷阱
祖父仅凭一盏小马灯
和一艘小舢板，和它斗智斗勇
直到生命最后一刻

祖母战战兢兢的心
被海水洗劫，被盐灼疼
却不让它留下伤口

3

大海越幽深越让人恐惧
我经历过祖父猝死海滩的苦痛
也曾目睹好水性的父亲
从大海中救起落水少年

立冬的海岸万木凋敝
只有阳光永远活泼
仿佛童话中的精灵
我赤着脚，跟在父亲后面
在海滩捡拾贻贝
到礁岩上撬牡蛎
仰看又黑又瘦的父亲

在悬崖之上
在惊涛骇浪中
把最后一粒藤壶掰到手中

我用小小的劳动所得
买作业本，也买唐诗宋词
我一直都记得
那父爱的大海
眼里噙满泪水
汗血滴落沙丘

4

借助西南风
海水退得又快又远
海滩上再次爬满
海蛎子、白蚬子、蛏子
文蛤、海螺、招潮蟹……
父亲说，必须弯下腰去
用铁耙子挖，把手指探入泥沙
我记得那潮湿的下坠
被刺穿的手脚流出鲜血

大海是古老的，也是新鲜的
每一片水域都被父爱重新命名

他用海燕滑翔的翅膀鼓励我
消除我对未知的恐惧
塑造自我超越的习惯和品格
“幸福不是美德的报酬
而是美德本身”①
这仿佛就是每一次出海的意义

5

一艘沉船长久泊在岸边
月光照在上面
漾起精美的纹饰
我为它写下的每一个字
都是一条通往波涛的小径
来自母亲的教导和扶携
拥有大海的人
需要歌唱，而不是哭泣——

母亲，她使这片大海如此具象
天边云彩和海上日出
都属于她的品格和气质
想着你，我的母亲
三年前，大海吞下

---

① 出自斯宾诺莎的《伦理学》。

冬天的干果核。我该怎样去开启
属于你的另一扇绿色之门——
世界之静美，汇入深水之中

6

他们说你来过
大海无声无息
作为唯一的见证，波涛退出
小木船无言依偎
中途切开另一条航道
巨大的平静，将我塑造成礁石
谁已经赶在大海的前面
为蓝水藻命名，为爱命名
而我还站在这儿
于深深的沙尘中埋首

7

液态的山峰，迷宫似的王国
在夜晚，显得既神秘又丰富
耕海者手上
迸溅着火花
闪耀的银河动荡
如鱼群结伴游过青春的洋流
照亮一艘返航的白色货轮

开阔的码头
被海水浸染过的乡音
开启网络直播
在那片被称作生活的大海上
年轻的赶海夫妻
早已不是父辈的续集
不是挤在小舢板里的
浓重的气味

海水里的天然给养
通过长长的网线传递向远方
梦想在橘红色灯光下跳动
如果成千上万的大黄鱼小黄鱼
要赶来祝福
那就来吧
带上星星之眼和幸福的盐粒

8

而今你属于我，大海
一排排巨型海上风车
在清晨，闪着银白色光泽
曾经孤悬的小岛，纯净如琥珀
珊瑚枝搅动新鲜的事物

只有顽强的生命
才能倾听到最后

我曾经搭乘一艘巨轮
在大海上航行，七天七夜
有人在甲板唱歌
有人在谈论生活
而我在轻声朗诵诗歌
鱼群从东海游向南海
波浪像透明的垂天之翼

我的身上住着七个太阳
像海鸟潜行或停歇
我用海胆和亚洲宝螺雕刻船眼睛
用泰来草和海藻床包裹蔚蓝之书
但编织永恒的神秘桂冠
需要积聚整个大海
乃至宇宙的力量

强者沉静如榕，根紧握着大地
投身于时间的河流
我为你种下绿色波浪
让全世界的水在这一刻重逢
而你是我的梦，重逢中的重逢

你将带我归家，通往内心
并借此之旅，以达星辰

2025 年 4 月

第二辑

海水和星群

蓝

一条乡愁之路
融入大地艺术
和群山震耳欲聋的鸟鸣①

雨停歇。初雪般晶莹的清晨
杜鹃花斜插在云雾里
古典主义和后现代主义相融合的
美学博物馆和民宿
以及由传统技艺搭建而成的“粮仓”
尾随着我们。白色的现代墙体和屋顶
从泥墙中交叉生长
绣球花径直穿过春天
“它的灵魂甚至还是湿的”②

---

① 化用自特朗斯特罗姆的《记忆看见我》。
② 出自聂鲁达的《我在这里爱你》。

从山外移来的一幢老房子
改造出染坊、织布间、银匠工作台
一位来自贵州的小伙子常驻这里
埋头制作各种银饰
楼上是直播间和产品陈列室
我的吻落在一件蓝印花布上
包裹着母亲的叮咛
荡漾如大海

2025 年 5 月

大地艺术工坊

重修散落的老房子
以蓝天作画板
以大地为染布
落笔生辉，丹墨飞扬

植物染色工坊、织布工坊
银器工坊、豆腐工坊
酒工坊、木工坊……
以母亲留下的灰烬贴近你
以噼啪燃烧的柴木温暖我
那个穿戴蓝布衣裙的女孩
在春天的花蕾中等待造访——
生活在左，艺术在右
“只要活着，就很幸福”

2025 年 5 月

没有屋顶的乡村美术馆

在缓缓抬升的海边坡地
来自云南的农民艺术家
用白色钢筋编织七只羊
四只在吃草，两只在看花
一只在发呆

有人用 3000 根废弃钢筋作荷秆
以一千年前的古窑匣钵盖当荷叶
穿越时空上演荷塘月色
无论是俯瞰、侧视
还是远望、斜看
每一根都有恰当的位置

一口浅浅池塘
被新生代女孩创造出“梦的波纹”
蓝天和绿树在不锈钢镜面流转

梦境和现实在这里交错
黑色曲线承载流泻的时光
割裂或者模糊
都是对万物的应和和包容

巨石之上
橘红色的铁锹
串成 12 个艺术大字
辽阔的天际线，深褐色的海崖
素朴的村庄，清澈的河流
从水中苹果到 3D 打印立体书法
从诗歌瀑布到星空书房……
融于自然的大地艺术
带着我，在春天的雨丝中飞行
除此之外，没有别的事物把我撼动

2025 年 5 月

橘园夜游

我来这里
为了和另一个自己相遇
灵魂中的白，在夜里
结出谜一样的事物
投射于幽暗的泥土
和闪光的水面
接近于一朵云

最开阔的那条河流
在树木的绿冠下唱歌
时而宁静，时而狂喜
也许满头花香有多种表达
沉思只是背景

一只小松鼠悄然钻进树林
世界完美地闭合

夜风吹过，帮助我
举起内心深处颤抖的叶子

2025 年 5 月

石窟颂

爱上海边的每件事物
千年前的废弃采石场
打造成占地两万平方米的石窟
两座相连的编木拱桥
构筑一条笔直通道
桥的下方，是碧绿水潭
连接两个石窟的山洞
化身艺术长廊
我的神秘主义促使我探寻
这里的“水流”和“声音”
世界单纯地彼此映照
无须担心痛苦寂灭

万物深陷裂隙
激发营造者更大的野心
他们将力量撞击于哑默之石

在烈焰般搏斗中幻化无人之境
直至呈现三个形态各异的剧场
一个头顶岩壁
另外两个露天而居
一股轻风穿洞而来
将时空叙事推向高潮

大地在另一座苍穹中
开辟出人类新的语境
如星辰叩击长夜
江河投入海洋

2025 年 5 月

在鉴洋湖遇见白鹭

湖上的天使，应属天上
如今为信仰而活
大雨即将到来
芦苇拍打着湖船
古海湾发出蓝绿色轰鸣
洁白的身体里
有神圣的古典主义
和浪漫的十四行诗
也有退无可退的天空
低沉的雷鸣

它的足间
未被照见的风景
需要俯下身来
向初升的太阳致敬
回到河流本身

在雾气升腾的沼泽地
我听它唱歌，闻着植物的气味
轻轻跳动的心
比海洋更为深邃

2025 年 5 月

蓝房子

日出西沙
这沸腾之美瞬间点燃
整个大海的血性

连绵的群岛
流动的土地
被金色花环簇拥

无人机在头顶盘旋
它们是鱼族的眼睛
扇贝的保护神
笨拙的海鸟也加入
带来光的跟随者
海水的合唱音
远处的油轮慢慢靠岸
多好啊！海风正打开

深邃温暖的蓝房子

人类在此居住

星辰在此停留

2024 年 12 月

与海龟

流动的光中
你向我缓缓走来
无从知晓，长久的漂泊
是否磨损了激情的心
油画般的甲壳
一年，抑或一生

松软的白沙滩，是你的产床
直到今天，我仍不明白
苍茫的时间如何塑造你
在你的内部，海兽啸叫
如尖利的刀子
而大海，随时会吞下
自己的骨血

所以，这是什么样的隐者呢

一路跋涉，全力以赴
躲避海上捕猎的猛禽
或觊觎的渔网
但远方仍有一片深海
用沉重的波涛和你絮语
你吞下海水，吞下时间
仿佛沉没才是最终归宿

2025 年 4 月

黄金海岸

极目黄金海岸，万吨油轮
缓缓驶入港口

南风掠过红树林
礁石间传来阵阵脆响
三百岁的海龟歪着头
看着我们
当我向它致敬
它回敬我一身海水

风过岬角，夕阳西下
天空迎来片刻安宁
在大海面前，所有事物
都能保持一贯的激情和天真
而我要说说某种流逝
当海边的羊群踩着细沙

缓缓而过

有些记忆会被填满

有些落入大海的深渊

2025 年 4 月

海底电缆

一个更加短暂的夏天
海底电缆震颤着
锚链沉入金色黎明

岸边，十二种方言
与大海的古老混音共鸣
耳膜结晶未曾命名的家园

深深的大海，不曾失重
未完成的蓝，停泊
在鳃与星云的交界处——
海蚀洞创造出巨大交响
暗流涌动已是暮年

2025 年 4 月

眷　恋

把身体交给你
没有比这更好的寓所

说不出离别的滋味
像蚌壳亲吻珍珠
沙砾洁白，礁石泛青
如何留住你剔透的心

如何把岛屿
塑造成眷恋的样子
契合大海的轮廓和音调
新月升起
一只海狮踩着波浪
深深鞠躬

2025 年 4 月

参观一艘宋船

板翼和龙骨有烧焦的痕迹
有人用螺丝钉修补
却依然底尖，上阔，高大如城堡
舱内配备迅雷炮、弩箭、火砖
冷兵器上千，战士若干人
他们习惯于晨光中列队
倚靠帆桅，越过大海的深渊
北洋有浪，冲犁之声犹在
一颗心被锚住，留下此岸与彼岸
那片未知海域
前有堵截，后有追兵
待何时，收篙停棹
满船清梦压住星河

2024 年 9 月

虚拟的航海者

那海水分明从天上来
裹挟着草堂和梅影
天马、麒麟、神鹿和紫象
以另一种姿态加入航线
冲破海洋的襟喉

一场旷世之举正向大海推进
海水统领数万人，海船百余艘
在浪尖上
种上神秘的稻蔬和玉帛
也种上东方传奇和人性的光辉

以波浪和天空作为报答
这颗心，蓄积着船桅的力量
却比风还要强大
可容马船、粮船、水船

也搭载船主、水手、纤夫、医生……

大海在韬光养晦
正如语言的新旧大陆在交替上升
亘古通今的东西洋烟波浩荡
我们的心，比邻在万斛之舟
蓝色月光随波涌动
包裹茶和盐粒、瓷器和丝绸

2022 年 10 月

崇武海

白色流雾占据地平线
古老的城邑和商队隐匿如沙石

银腰带的女子，跋涉在海的迷宫
波浪一度犹豫
要不要掀开斑斓的花头巾

也许，沉默是另一种锻造
星月向内，打开另一个自己

大海也因此提炼一种美德
荡漾，内省，自律

2024 年 12 月

鲸落或礁岩

金沙湾，一只庞然大物猝然坠落
没有人知道它为了谁
也不知道究竟为何落到这里
经历了波澜壮阔的海洋之旅
从完整到破碎，从绝望到平静
深海的绿洲，等待
热液抑或冷泉徐徐注入
即使阳光无法穿透
废弃物却纷纷聚拢
只为促成另一场生命循环
且让我们慢慢谛听——
蛤蚌、盲虾，上万个生物体
在黑暗世界里
爱恨纠缠，不可预测
雾气升起
推开大海之门

蓝马分开的洋流回响细小的鲸歌
作为神秘而不可解释的存在
万物化能自养，遗骸化作礁岩

2024 年 12 月

岛

从未听过的歌声
溢出独行者的良宵

尽管海水浑浊
人和小船异常颠簸
幽蓝的星星在前方
海岬中的渔鼓和航灯
偏爱鬓角有霜的人

海风穷追不舍
小小的铁驳船碰撞出瓷器的声音
月光均匀地洒在海面
冥冥之中
谁会在彼岸与你会合
明天会出现什么样的风景

2025 年 4 月

一只受伤的白鹭

飞过浮桥和湖心岛的时候
它的身上莫名多出伤痕

黄昏中有人吹起笛哨
被俘获的，小小的诱饵
是最后的晚餐

就近选择一处灌木丛
闪电和枯枝
都用来致敬死亡

它的双足依然在颤动
山高水长，就此绝尘

2025 年 2 月

福宁湾记事

寂静的海边，大姑和小姨
为即将出海的船只
刷上五彩斑斓的油漆
猎猎火焰在洋面升腾

烈日照射着她们
后背上的婴儿在颠簸中
陷入沉沉的睡梦
风在祈求浓重的油漆气味
不要戕害弱小的生命
在大海任何一个角落
女人的身体像绷紧的弓

温麻船屯的设立地
向外是浩瀚的东海
再向外就是太平洋

一部蓝色的待写之书
巡海的马达永不停息
大海知道找来怎样的人
去完成使命

2025 年 4 月

全富岛

穷其一生只为了抵达

水晶般透绿
逐渐变至碧绿
阳光的照耀
又把它分离出
浅蓝、蔚蓝、深蓝……
谜一样的色谱
覆盖着水下 40 米
山峰、沟壑、陡坡、森林、草地
珊瑚像盛开的鲜花
覆盖着整个海底
像人间最灵巧的画工

任何一种语言
都怕玷污它的名字

任何一种宝石
都不可能那样闪耀
礁盘上的贝类托举着
柔软之躯与时间共舞
红脚鲣鸟在风暴中迷途知返
而我们需要忏悔
在这不著一字的海面
万物静默如谜
我们不配与它们同悲同喜
更不配把它们一一带走

2025 年 5 月

复　写

请允许我用发烫的海水
抚摩被台风打磨过的岛屿

穿过连绵的岸线，金色的沙滩
需要慢慢平复的潮汐
如果清晨明亮的港湾
踏歌而行的缆索
月光下口衔珠宝的帆影
都不能形容你的过去
我就叫醒群山之间
走动的细小身影
加入温暖的光
以及入海的长笛

用沉默和枯瘦的海浪写你
用摇晃和消散的船歌写你

沉睡在海底的鱼儿
虚度光阴的水和废墟
不合常规的停泊和漂移
都用来写你
我在这隔世的大海上航行
在纸造的家园里梦游

你说你这来自异域的雄鹰
注定要在大海里涅槃
那么，我就用身体里的钙和铁
血和肉，写你
写一条蓝鲸的前世和今生
写一座海的翻滚和哭泣

海水日夜浇灌一个湿漉漉的名字
风吹来的沙
遮蔽了烟波之上的忙音

2024 年 9 月改定

航　行

海水有点凉
一切都是小而轻的——
航行的岛屿，澎湃的心脏

大海的仓廪再一次开启
那慢慢摇坠的夕阳
向彼岸驶去一艘金色大船

坐在靠左侧的船舷
音乐是美味的鱼饵
远处的丘陵、峰峦、月光
有着初生的喜悦和光芒
对这些年我的委屈
一笔带过

穿过内心的荒芜

三千公顷的浪花
缓解了途中搁浅的恐惧

2024 年 9 月

滩涂之诗

浩瀚无垠的疆域，无数细小的鳞片
隐身，那是另一场生死对决
有谁知道这多汁多褶的土地
藏着多少秘密和艰辛
风暴把人抛到结局之外
贝壳里却孕育着一次次重生
如同一个小小的颠覆者
举一生之力爱着大海
滩涂是生存的最后凭证
而我像陌生人悄悄地爱着
那些即将消失的故土
那些先我而去的泪滴

2024 年 9 月

天空中撒满幼小的花瓣

她还没有哭泣
这个 6 岁的小女孩
认识的词汇有限
还不知道分离
村小的生字课里，她常常发呆
把孤独挂在望不到边的天空
那些不同尺寸的生僻字
在心里写了又写，默诵了又默诵
还是不能勾画一张陌生的地图

编织着夜晚和星期天的礼物
心想只要一抬头，妈妈就能够看到
她慢慢踮起脚
从松散的碗橱里拿出碗筷
从水缸中取水，洗衣
这些动作显然没人教过

显得突兀生硬
她多想好好照顾自己
不再为自己的小感到羞耻

这是一个漫长的夜晚
大海离这里非常遥远
小灰狗也早已在栅栏边沉沉入睡
一个模糊的身影要多久才会出现
一封信还在途中

梦里，她小心翼翼地看护
一片幼小的花瓣停在天空

2020 年 7 月改定

小木匠的一天

小木匠一开始就控制了这个清晨
在他身子的推移中
我看到了原木金黄的一面
生活金黄的一面

他的手中有神秘的力量
像一位乐圣
快活打理随身携带的乐器
他让刨好的每一块木头
准确找到自己的位置
就像我在新居里将要扮演的角色
痴迷于驾驭未来的秘密

而他乡下的妻子正衣着光鲜地
陪伴在他身边，目光专注
像欣赏一件美妙的家具

阳光密密地绕着
木屑吹过去又吹过来
我想一定会有什么在上面堆积
比如年轮、爱情

2020 年 6 月改定

在眉眼枯老之前

用深植过厚朴和薏米的手
做一坛包酒
用丹桂和油茶煮沸夜色
开坛，封曲，立窖
二重为包，三重为酎
比水更妖娆，比曲更刻骨

千金散尽，唯有良木可栖
黑暗中，众先生抵达秘密海岸
难得在眉眼枯老之前
仍留有青山意气
也允许荡漾江河
那么再做一回酒中酒、仙中仙
语言不着色而状若琥珀
思想不禁锢而婉若游龙

最好的季节已经到来
做一个告老还乡之人
不必北出关山下吴越
也不必南行闽江走大洋
原来酒早有其道
垄亩万顷，为有源头活水
江山寄远，只为梦笔抒怀
酒已成礼，酒亦当歌
文武之贤在此退而修德
翩翩然，如明月照席
白露沾衣

2024 年 12 月

时光雕刻师

倒木为桥，骈木为桥
抑或是町步为桥
崇山峻岭，危峰幽壑
时光的雕刻师
一路追随地方语调
以块石砌筑基台
以榫卯立梁架柱
千年杉木，人字形穿插
注定在此拜他为王
甘愿为他献出筋骨

风吹过，那个在廊屋上刻字的人
左手是青山，右手是流水
他要匀出一小块
廊壁、飞檐、屋顶
路过的人和百兽浸润原木清香

漆黑的夜晚飞龙戏珠
抑或鱼跃龙门

行至桥中央
有人突然异想天开
想对影抒怀
却止于一尊端坐的塑像
空空的木椅子沉香袅袅
举目那些斑驳的屋瓦
它们也曾闪亮过
山河长在，万物深藏
比如这尖尖翘檐和彩翼
橘红、明黄、黛黑
它们曾经注视过
每一场熊熊大火
也曾挽留过每一双重构之手
每一颗忏悔之心

如果这一路行吟
始于《清明上河图》
在汴水虹桥
你是挑夫，还是侠客
青山寂寂无语
愈来愈像一个古人

在积雪和月光的穹顶
小心地避让动物和草芽
它们那么轻盈，怀揣人间秘籍
生成另一条道路
而这恰恰是流水的断面
无边的侧推力
不断从短小木构件中挤压出来
最终抵达深蓝与蔚蓝——

这一刻，你已徒手攀越高耸之地

2024 年 8 月

雨落鉴洋湖

你还在眺望月河吗
你会为月河边的
一株橘花摇摆不定吗
这个春天
先是去书院听一场诗歌讲座
再到磨具小镇当一回钢铁侠
最后选择雨中的鉴洋湖

混浊之水转向清澈
古老的村庄与石桥相互映衬
林中的白鹭也赶来分享
一只小鹈鹕的喜悦无从对人表达

艄公转舵回航
一切归于平静
而你要独自去赞美

那个永远留在湖中央的人
幻想像他那样
倚碧野稻浪，沐荷塘月色
携飞虹暮影，看山河远阔
你幻想变成一根羽毛
漂在湖上看芦花
也想借春风的一角
煮茶会友，著书立说
湖心亭玲珑剔透，却又四周留白
最好的视角，留给最后的时间

2025 年 5 月

身披古风的河流

我确信一条河流已经超越了全部
它甚至化成了基因和血脉
牵引我们向前
天地之中
对于一切事物的想象
我们的语言多么贫乏
却又迷恋它神性的光辉
秋阳如蒿，悠游于大野
它依然有古风，仿佛
一千个词语里的一千张面孔

在长河的另一面
秋风正在解缆
灵禽俘获莲蓬
九曲竹蹊，一壶映月
千山矗立，万里又征途

伟大的诗篇早已完成
大化之手，从未停止抚拨河流的琴弦

2024 年 3 月

骑鲸东海的人

一代霸王早已偃旗息鼓
唯余众多香草美人在侧
大江口龙腾虎跃
淹没了楚天风云

君且醉，我独醒
囊中尚有诗千首
儃徊处
许他壁仞千尺，纵情天问
许他逆流涉江，浪遏飞舟

许青山一座名亭
伴山鬼疏狂，颂橘明志
挟九章九歌，绝唱离骚
许湖海一个出口
你我隔空相逢

左手佩带长剑
右手纸上江湖
得天地万象之理
涉存亡兴废之端

先生骑鲸东海，不须归
流水欲让道
孤峰近，钟声远
被风吹走的一页
用来安放真理
和先生的灵魂

2024 年 12 月

沧浪阁

寒风无法阻止，我辈躬身登临
恍惚中，看见先生
反穿羊裘垂钓
欲把江海寄余生
一轮明月悬挂
在水中玲珑透彻
恰似他漂泊中留下的残卷
仍有意韵如神变化
历经千载愈发葱茏

胸怀大地的人呐
总是问禅于诗，以禅喻诗
盛唐诸人，在岁月的辨析中
活成空中之音、水中之月
唯有千年古樟，欲叩禅关
且别趣，且别材

且妙悟，且入神
千百年来，朝阳
也遵循同一法则徐徐升起
看那满庭空翠、石鼓松风
似千钧笔力纵横
呜呼，先生
万壑有声，沧浪无言
鱼鸟熙熙攘攘，草木千态万状
无穷意境，谁与唱酬

2024 年 11 月

春　日

悠游如我者，舍舟登陆

原木筑成的小院，唤醒翡翠色的耳朵
穿红衣裙的农妇，齐声朗诵滚烫的诗文
雨如期而至，松涛虚含远风
慕名而来的人，在竹影摇动中
和群山一起虚度时光

镶满银边的屋檐也在坐等云起
有人挥手晨昏，有人闪烁其词
却没有人欲借丹梯耸立
一步到天衢
兰生孤崖，桂生斯世
枝叶却总被泥土牢牢牵引
仿佛诗之苦乐
在半生执念中相为倚伏

待到岭头云散，天上列星
总有樵歌出寨，拊石而和
总有溪喧谷响，岩岫庐峰
身旁苍石嶙峋，桐叶蔽日
只等千年香榧次第开出嫩黄花瓣
“野蜂巢其间”，三生三随
“采花髓作蜜”①，洒于人间
去积气，除烦渴
胜却雨露仙霞

2023 年 8 月

---

① “野蜂巢其间，采花髓作蜜”，出自刘基的《苦斋记》。

种子成熟

种子成熟于大河两岸
遂取无极之水酿造九酝春酒
古法自然，如一斛春风
初通于玄谷，幻源于万物
它有窖藏时间之手
亦有万化心灵之能

种子成熟，在无色无形之中
动而不躁，虚而不滞
百年泥窖置于乾位发酵
犹如老子和庄子在列
华佗的五禽戏步步生风
而曹操和嵇康各有秘籍在手
一曰：东临碣石，铿然有玉石之声
一曰：披之管弦，皆成乐章
前朝多少真名士

一时间如美酒倾身
恩德广及草木昆虫①

种子成熟。有人正衣作揖
怀抱陶坛于恒温世界
择时取醅，择时摘酒
此时无声胜似有声
犹如建安遗风在此
风雅大作，骨骼清奇
一曰：酒越甘辛，人越仁慈
舒调阴阳，平治险阻
天高且清，地静且宁
天地有节
想必万物与人皆如是

种子已经成熟，芬芳酿就大礼
风中有看不见的精灵簇拥而来
流水和星群映照过的地方
还有什么事物能如此敞开心扉
一气化成九气
一变而应百变，于太虚之巅

① 出自曹操的《对酒》。

临涡而赋，登楼而歌

2024 年 9 月

从密林走向大海

我在密林里行走
加入一些光和一只蜜蜂的叹息
林中空地被不断放大
河流呼啸着滑进苇丛
造酒人在远方，研磨酒和诗歌
然而他会飞，会老
他的技艺濒临失传

我发誓最终要走向大海
对于这样一个不近人情的家伙
谁也难以猜测它的行踪
黑夜落下来
它的宽度约等于一首诗的长度
也约等于万物之间的秘密

海的内部储满干净的细沙

天的尽头流淌着神秘的云
它们个个都负有不同的使命
静谧、沸腾，默默献出
心尖上的蓝水晶

2024 年 9 月改定

未完成的蓝

必有人重写大海
必有人骑马归来
犹如潮水退去
析出洁白的晶盐

春色旖旎
烟雨迷蒙
我的手舀过海水
也触摸过沉船
大海的全景里
时间在俯瞰
命运何曾低头

此刻，夕阳西下
照临我所拥有的一切——
除了一枚发光的贝壳

我对世界别无所求

2025 年 4 月

第三辑

我的大海里有浓烈的酒

漩　涡

大海每天用漩涡
把自己清洗一遍

潮间带退让出红树林
滩涂重生出珠贝
灰鲸想吞下岩岸
它的心悬挂着一片海洋

高山、湖泊、河流
鸟和树木
它们早已是朋友
我们去愿去的任何地方
去爱遇见的每种事物

在世界面前
万物此消彼长

生命会有未来，爱也是

而死亡

不再是最大的孤独

2025 年 5 月

我的大海里有浓烈的酒

如果感到孤独
可以去海边坐坐

红嘴鸥越过头顶
飞向无边海洋
故乡的海里
数千种鱼虾贝蟹
每一种都那么美
却也暗藏凶狠
每一阵波涛
都似一座迷宫

大海里的别离
不会比别处少
我和你一样
灵魂和肉体

经历风吹浪打
但“岛伸来一双手
把我从哀伤中捞起”①

从你住过的小木屋返回时
眼睛映照着天上的星
我的身体里
有浓烈的海水和酒

2025 年 5 月

① 出自特朗斯特罗姆的《当我们重见岛屿的时候》。

大海不愿低头认错

直到太阳西沉
母亲才从海边归来
带回一些蛏子和花螺
年幼的我们沉浸在喜悦中
围拢在她身旁，生火做饭
而层叠的波浪
还在一路追击

整个冬天
母亲习惯于从海滩上讨生活
手上的口子合拢又开裂
赤裸的双脚结满血痂
但是大海
不会为她穿上鞋
放她魂归故里

我独坐岸边
等星星出现
苹果树上的雪慢慢融化
帆影如昨，蓝色退去
一条鲑鱼
重新跃入大海的怀抱

2025 年 5 月

两个月亮

你在月光下搓苘麻
影子轻轻摇晃
像一艘小船

我七岁那年
你得了肺结核，高烧昏迷
我一路摇晃着
穿过乱坟堆积的小山冈
去敲乡村医生的门
那一夜没有月亮

我和你命运相依
如今它载着你去了哪里
我的人生有分崩离析之苦
也有尚未啜饮之蜜
而那些未曾表达的爱与渴念

在日落时分
被打上灰色圆圈
扎入沉默的海底

此生永不再团聚啊，母亲
可你亲口告诉我
在大海里，没有谁会真正死去

2025 年 5 月

东海之滨

雨过天晴，两只羊羔
在海边坡地
慢悠悠咀嚼春天的嫩草

互叶木和沙槐叶片微卷
暮光照着它们
像一颗发红的心脏

波涛即将涌入海岸
等等我，母亲
我想以指月之手
把你和故乡全部涂上蓝色
我想借一双翅膀飞行
如岩石翻滚
溢出灵魂之酒

此时，大海平静
群星闪烁

2025 年 5 月

此　生

不再向往别处
不再向所爱之人
倾注眼泪和爱

恩赐般降临的午后
大海，也渴望重生——
白海豚的歌唱
被海风雕琢
海边芦苇和白色果园
秘密交换一种语言
缠绕在结疤的木桩上

必须在它的浅色截面上
找到光与静默
此生是谜，而它是指引
让白玉兰簌簌吟唱

故乡和母亲

2025 年 4 月

海上飞行

所有一切为它让路——
海浪涌起泡沫
云朵吐出小山包
葡萄园醒来
金色的酒倾倒杯中

可以藏身的大海
有接踵而至的事情
白海豚歌声停顿
蓝企鹅在孤寂旅途
舷窗紧闭
人间的万盏光源
成为这个世界的缓冲

大海的永夜之子
在这星星点点的瞬间

征服了一切

掠过霜天鸟鸣

母亲沉睡的家园

2025 年 5 月

寂静的海湾

薄雾笼罩着船只
如白雪降临
最后一次，我望着你
照看几只羊
在悬崖啃食
一枚红月亮缓缓升起
穿越一生的事物

哦，母亲
有什么从此隐没
在这寂静的海湾
如灰鹭在云中
永久漂泊

2025 年 5 月

种满相思树的海崖

有一天，我突然发现
种满相思树的海崖
因陡峭而接近完美
天空因鸥鸟无意义的盘旋
而显得虚无

大海
请允许我，透过
螺壳岩下缓缓移动的巨轮
去爱一艘小舢板
神秘的码头在召唤我
却已经不记得我是谁
在黄昏中
我打开白色栅栏
倦怠的露珠从绿色船舷滴落

什么时候还能从人群中等到你
鼓起勇气说，你就是蓝天大海
和会呼吸的岛屿
享用这一切让我羞愧
而我的灵魂如此赤裸
渴望和你行走在两个世界间
彼此贯穿，相互融合
不用思考生活

2025 年 5 月

只有你是神圣的

我是奋力游向你的那个孩子
在大海里不需要面具
尽管有时海面暗淡
腥咸的气泡呛进喉咙
但蓝色世界的童贞之母
犹如天外信使
教我学会忍耐
哭泣没有意义

我在夜晚触碰你，拥有你
唯有思想可以抵达的地方
你赐予我一座小小的岛屿
用来开垦属于自己的东西
昂首的风吹向我
携带一生完美之物

只有你是神圣的。而我如此浅白
需要用一所海边的房子
装满对你的比拟，明喻或暗喻
不是美学，不是哲学
不是植物学，不是动物学
也不是人类学
那又会是什么呢

2025 年 5 月

我有幸生活在这里

当我来时，路旁树木都已染上寂静的烟波
蔚蓝是一颗星对另一颗星的信赖和追随
我有幸和你一起生活在这里
穿过水中的芦苇、阵雨洗过的栈桥
秋风把金黄色的月亮托到面前
往返的海水里有巨大的秘密
像澎湃的心脏对你低语——
爱着就是信仰，活着就是幸运

我背靠着的这些小山，都在加紧填土
在南方的冰冻没入膝盖之前
人们要在这里种上玫瑰、香草、波斯菊
我一生从未接受过爱的礼物
现在诗歌在赶路
有些庄严的仪式，需要在百年之后
由它们替你完成

也许当朝霞升起，你和你的新朋友
在这里并肩漫步，欢畅不能自已
我有幸在眺望你们的时候
慢慢衰老，明镜似的时光
在洁白的岸边，找到安歇的理由

我想把手枕在海水的凹槽里做梦
也曾用蓝色贺卡悄悄给你写信
有时堤岸会从黑暗中传来回声
我有割舍不尽的青春和故土
你有大海一样广阔的前程
我有幸，找来光和海鸟的羽翼
为你写下春天的乐园

2021 年 2 月改定

秋风起

秋风吹过金色的海堤
那么明亮，那么轻
吹过一只灰色的白鹭
疲倦的歌唱；吹过儿子肩头
沉甸甸的梦想。他离家千里
为青春所累

我将告诉他
秋风吹过大地，逝去的爱情很轻很轻
秋风吹过山冈，滚烫的脚步很轻很轻
但它不能阻止我们的眺望——
靠海的房子，手执航灯的渔人
寄居蟹穿着海潮卸下的花衣
尽管漏洞百出
可太阳一照在身上
明天依然鲜活

哦，秋风，总有一天
会吹过我的孤独与衰老
那么明亮，那么轻
像万物拥戴的真理
而他，要在宽大的人世缓缓穿行
心中长满丝绸

2016 年 3 月

海边书

此刻，在起风的沙棘地寻找舞者
在寄居蟹的洞穴里倾听音乐
谁领着大海的孩子刚刚离开
老渔夫还在水门岛潜心做梦
白塔、圆湖、渔火、栈桥
海里有土地播撒不出去的种子
我们需要长出幼小的耳朵
有足够的智慧倾听

海苏醒。而我一生落在纸上
比海更深的水
比语言更诱人的语言
它们一层一层往上砌
所有的架构都来源于禀赋
通透，自然
你听，一阵风

要精确不要模糊
要明媚不要晦暗
激越抑或柔和
全凭心灵调遣
一部海边书合上封面
最好的篇章尚未诞生

我答应你
骑着平平仄仄的海浪往前冲
海水拆散了我们
云团偷走落日的光辉
黑天鹅一去不返
红树林关闭了琴键
也许，大海也有看不见的灰烬
才需要我们的诗歌越来越宽阔
用多种韵律配合它起伏
我生活中的孪生姐妹
一个在遥远地思想
另一个总是在恋爱
灵感抑或激情，欢欣抑或疼痛
最动荡的波浪翻看平静的蓝色书页

2021 年 1 月改定

你们的名字

在大海身旁
人们为制造浪漫沙丘而驻足
木麻黄好像从未被留意
白昼如焚，步步逼近的滔天巨浪
携带海兽出没
岸线进退失据

沿着呼啸的风
我喊你们的名字
微微弯曲的、忍辱负重的
紧密的纤细枝条打动我
而不是宏大的事物

说不完的往事让春秋去说吧
置身于滚烫的沙砾
和岛礁的伤口

无人捡拾的种子
乘着波涛和鸟儿的翅膀
赠我以灵性的呼吸

让时间平静地表达这一切
没有波澜的一天
民间天才和艺术共同创造的奇迹
我爱它野蛮生长，心性如海

2025 年 5 月

故乡的白海豚

又见渔鼓声声
唤醒一船浪花白
看你起舞，年轻的身体
一俯一仰，一张一合
旧时的记忆开始漂浮
一直停顿不下来
你想爱了又爱
与另一个身体
交换彼此

曾经错过的山川风物
再次向我现身
而你是森林、湖泊
精灵中的精灵
大海浩瀚，海水又清又阔
八百公里岸线似典藏

两岸的红树林经历过沧桑
却依然保持十八岁的腰身

天空把光蓄积起来
蓝色的大海涌向穹窿
卷起的气流将月亮引向下一个潮汐
海风吹散尘世的味道
你的怀抱，温暖潮湿
我心至此，又怎能
独自随时光漫溢

2020 年 11 月

故乡黄金海

如果一首诗能写尽大海
那它就不是大海

海中也有五千匹骏马
海中也有草木之心

有用力摇匀的酒
也有来不及倾倒的灰

这是一个人的海
年轻的海，年老的海
病中倦怠的海
凝神康复的海
藏着人间悲喜
把时间冲刷成岛屿
把仇人变成亲人

即使是微弱的海风
也交缠着空旷的爱情
还有更辽阔的港湾
在航行的序列中

静穆，或等待
都只为一轮落日
把金灿灿的钥匙
重新别在故乡的胸口

2021 年 11 月

大海的掌纹

明明为了走得更远
却选择在石崖分汊
多么执拗的水啊
它将让出道路，带我远航
五彩斑斓的风帆是否还在
那是大海神秘的掌纹

将一座大海称为故乡的人
为什么会在蓝色海岸
失去父亲和母亲

2025 年 2 月

海边老屋

我们相见的次数越来越少
夜色空空，屋檐薄如沙漏
填埋了若干种疾病
也收集贻贝和弹跳鱼孤单的旅程
每一次回头眺望
都弄哭了白鹭和海鸥
这些亲手养育的儿女
会不会为你编织浪花的冠冕
双手环抱的苍茫月色
会不会也深藏着
一尊嶙峋的肉身

2024 年 9 月

凌晨四点

父亲的鱼叉在墙上低语
冷冽如冰柱
映照出火舌

说起海底沉船
鱼叉刺入水面
波纹荡开
渔网里的星子
被浪花打碎
鱼群游过他的脚踝
拖网在身后
划开一道银色的伤口

沙滩上布满细小的孔洞
像无数未及说出的言语
我伸出手

去触摸鱼叉上的铁锈
月光簌簌落下

2025 年 4 月

远去的滩涂

绵延几千里的胎记
默默串起一部大海的纪录片
有人想从中掘取一个秘密
孤绝的背景中全是波涛的回声

可谁能抵挡这一场冒险呢
故乡曾经如此肥沃如此敞亮
不卑不亢，不冻不淤
潮湿的泥土里万物蠕动
随时都有一场大梦铺展

天色渐渐暗下来
红树林匍匐在地
白鹭惊飞，跨过海水的障碍
在大海宏大的叙事面前
语言的核心是什么

风怎样才能听见

星河更细小的声音

比如春山望，比如万古愁

2023 年 5 月

海边听琴

此时此地，我只想听一首老歌
你却给了我一把琴

大海之中的大海
花园之中的花园
粉紫而轻俏的三角梅
光滑的石子路
环绕着我们
多想有一个女儿
她所具备的品格和容貌
以及那双弹琴的手
时间永远不会将它收回
体格健壮的儿子
此刻正在浪花中伫立
金色沙滩的一角
我抚摸着你的脸庞

做着可爱的运动
如镜的海面，移动的船影
运送了大量的涛声
来匹配这美、这光华——

世界多久没有这样快乐了

2025 年 5 月

关于母亲的叙述

把家清扫干净
把久违的阳光引进来
在母亲的桌前摆上一杯酒
我们喃喃说着什么
或者什么都不说
也许母亲早已明了
看看这半旧的屋舍
折返着隐匿的风
而她留在人间的儿女
要与她醉里挑灯
对饮成双

母亲教过书，也酿过酒
她的一生都在孤独中挣扎
越苦难越动人
我曾经希望母亲温柔一些

这个瘦弱而又倔强的女人
每天在火光四溅的灶台边
一边挥舞着铁铲子
一边命令我背诵
唐诗宋词和新华字典
让一个不满八岁的女孩
像她一样依赖漫漫长夜
把枯燥的词语变成诗歌
把新鲜的粮食熬成酒

也许我永远也写不好母亲
记忆也终将在分裂中弥合
正如母亲从未告诉过
那只被我失手打翻的陶坛
倾泻了什么
时已入夏，却飘忽着说不出的凉意
我们和寂静一起等
等母亲来惩罚我们
童年的错误和美丽的谎言

且饮了这一杯，母亲
这一杯就是清风明月
这一杯就是大海星辰
我们不必再陷于痛苦

世界再阔大，也只是一期一会
倘若能邀约三两知己
从此守候枯山水
顺从生命之孤与时序之变
想必母亲在天上
也早已与万物和解
欣然入禅，又入梦

2024 年 9 月

再生稻

来自大地的动员令
让它们紧紧簇拥在一起
摇曳成另一片葳蕤时空

放眼山水迢遥
湖田刚刚卸下沉重的包袱
整个鹫峰山脉状如一张大席
父亲收割过的稻桩
葱绿的腋芽，拼了命似的
从土里拱出来
抽穗，扬花，破茧成蝶

我的家乡在闽之东，偏远，瘦小
“存粮如存金，一世无饥馁”
老祖宗留下的这句话
让父亲像老黄牛一样

常年佝偻在田地里
他亲手侍弄的稻花
年复一年，覆陇，归位

如今大雁远游
再生，作为一个动词
固执地飘荡在我的诗歌词典里
父亲啊，如若他乡似故乡
四海无闲田
任凭流水花间，弦滑禅舍
我只想一个人，背靠着松斋
把诗文写在你耕耘过的田野
把等闲语言变成瑰奇

2025 年 4 月

幸　福

碰到花朵像鸟儿一样鸣叫
遇见沙漠就献出赤子之心
有时跨越河海，有时唤醒群山
有时是动词，有时是名词
有时又是形容词
当我惭愧于笨拙的嘴唇词不达意
一月打马二月返青的人
正抽掉身上多余的水分
赶来和我相认

2024 年 12 月

山河令

亲爱的父母山
现在我和你们仅一海之隔

我的宝藏都堆积在远处的岛屿
我的眼睛长久潜伏着春风和纤云
廊外长空是你们的绿皮书
偶尔掠过一两匹红棕色野马
仿佛云中带锦
涌向永远的追光少年

我们曾经一起做过汉字的游戏
把纵横的阡陌命名为南浦
把向阳的丘陵命名为蓝田
趁着四时佳兴
多少河流汇入大海
多少往事各归其所

可是秋风最终占据东山之顶
替你们运送明月之诗

余生我会替你们看护好
草树斜阳，落英缤纷
这镶嵌于骨血里的屈曲和伸展
抽离了时间，抽离了语言
却仍有白首之心
穿林打叶，酿泉为酒

2024 年 9 月

月光洒落小土丘

为了漂泊多年的还乡人
不再望雨惊心，闻风落泪
母亲，除了爱你远去的身影
我将深深去爱
荒芜之土，断翅之蝶
任何时候，它们对于你的照料
都远胜于我。可是为什么只有你
能够原谅我，一个不知天高地厚
百无一用的书生
为什么只有你，能够交予我
月之浩瀚与海之苍茫——
秋风过后，万物尽藏
神圣的终结，将用来缔造

2024 年 9 月

故　乡

没有理由骄奢和懒惰
推开幸福的大门
上帝只给了我一件特殊的礼物
一个又低又潮的家，四面通风
但是厄运，从不眷顾
我的父母又黑又瘦，没有工作
他们馈赠了我
贫穷是第一笔财富
日后我所充盈的
将爬满他们骄傲的额

常常独自一人眺望山坡
故乡沿着树干一天天攀升
那怯懦而又沉默的儿时伙伴
他们映衬了我
身边的少女早已摆脱病痛

学会高声歌吟
以自己创造的音调

有一天我歌声喑哑，为情所困
我仍要回到这里，苦苦搜寻
一大片广阔的原野和暖洋洋的风
金黄的草木在日光中缓缓移动
戴草帽的姐妹结伴到山中割麦，拾禾
我记得那起伏的腰胯间
松软的律动
美源自劳作和卑微

她们之中有谁将突然走远
带着一身汗泥和熟悉的往事
我是如此幸运，又是如此悲伤
故乡啊，我流浪的耳朵
一只用来倾听，一只用来挽留

2020 年 8 月改定

白瓷杯盏

不必去揉捻一段前尘往事
这些花骨朵般的名字
就让她秘密为你发酵吧
寒露迫降前
取其生命中最醇厚的一芽二叶
萎凋，烘焙，筛分
直到微光摇曳，花香渐浓
白瓷杯盏只要黑夜这一个家
相爱的人，在此赴汤蹈火
交出大地星辰

既然爱也有生死
与其坐等硬木生炭
不如化作明月清风

2023 年 5 月

文心兰

当光明倾泻在你身上
唯有静默，才能接应
一条金色的河流

这世界有那么多人
精灵似的隔空舞蹈
我庆幸遇见了你
卸下厚重的苔衣与岩层
和你并立，风中带电
给无限绽放的花房做减法
只保留一小杯褐色泥土
让叶脉和根茎交替生长
蜜蜂也要停下颤动的羽翅
伟大的爱有时需要松开

你在这片土地短暂停留

这肃穆庄严的山与海
只有在你面前
才能聚拢生命中全部的气息
激发无限的潜能
那未被时间磨损的一切
坐落在琴弦轻扬的经纬度上
像一个孤勇者
在每一个蓝色清晨
给金黄的汉字让路
向远方奇异的丛林俯身

这是一个大而无穷的世界
山河壮阔，随影赋形
我手捧着一束花枝
像你曾经赋予我的
温暖，透明，充满仁慈

2023 年 5 月

海风吹

我偏爱风无法抓住的东西
轻轻摇动的茅草花和雄牛犄角

秋天送来发烫的请柬
里面装着一个小说家
精准的笔触、感人的力量
还有一个诗人守在身边
冷静思考诗歌的生成

2025 年 2 月

两个我

无数次幻想过，这一生
像大海起伏，载满盐粒的大船
穿过晨曦的潮间带
进入澄澈之境

两个我，在世上行走
一个在长满红树林的潮头
一个在接近暮色的沙岸
银色的海鸥投来温柔一瞥
随即飞向天际

海天之间，万千事物留有缝隙
请允许我用第三只耳朵
倾听它们的声音
对白色甲板俯下蓝色身子

2025 年 2 月

蓝色翻滚

诗歌里有黄金
如果这些耸立的文字
能够缔造另一个海
比东海更深远
比海蚀岛更坚实

少年在夜晚的海风中归来
左手握着锚
右手攥着沙
中间要穿过凹凸的峭岩
一首诗的使命也是这样
用什么意象更值得骄傲
时间海太抒情，也太抽象
为了给诗歌沙龙永久加冕
每个词语都要手挽红霞
淬火成钢

伟大的海近在眼前
神秘的诗篇蓝色翻滚
最终要回到母语的心脏

2024 年 8 月

虎屿岛的春天

紫玉兰盛开在故乡的原野
风吹散忧愁
母亲端着一篮子草莓
在竹篱边走动
鹅黄色的风信子围绕她旋舞

那个浑身沾满花粉的婴儿也回来了
像鱼儿一样发光
更深的辽阔
是包围我们的海洋
蔚蓝而又孤独

今夜，小小虎屿岛
适合默诵一首诗

“这是她最后一次让我承受的伤痛”①

2025 年 4 月

① 出自聂鲁达的《今夜我可以写》。

献　歌

献给你，五月的蓝墨水
假如河流只带走一滴
那些汪洋就是你我倾泻不尽的荡漾

献给你，荒岛中的金盏菊
从一块土地移植到另一块土地
饮下自身的枯蒿
也饮下花岗岩中的孤独
南方的风暴不曾远离
鸟儿的尖喙还在试探
寂静环绕清晨的露珠和花蕾

"让我们默默相爱吧"①
神秘的花园主人

---

① 出自波德莱尔的《秋》。

正穿过墨绿色城堡

小小的心儿滋生着什么

她扎根于自身的土壤

万物应和淡蓝的生命之水

在静静燃烧

2025 年 4 月

万物生

不仅仅是为了美
我们存在，叙述
找一张临风大帖子
描摹烟雨、青草、蝶舞
犹成半面妆

对于未知的一切
我们从不抱怨经验缺失
也不气馁词语贫乏
在万物面前，加深自我检视
并与它交换信物
才能让太阳下的一切都发芽
让初醒的樱桃
爬上春天的眠床
怯生生的蛙鸣交出练习曲
天空长满新生的羽翅

而河流手舞足蹈

船帆划向羽翼未丰的人

2024 年 9 月

大海，汹涌而至的爱

1

亲爱的朋友，如今你在哪里
当我合上眼睑
固执的心不再腾跃
蓝色海岸狭长
竞相生存的事物
于岩缝间悄然落入无声

多年以后，它们再次
拉开帷幕，让你嗅到
大海里绵长的幸福——
紫红色玫瑰和森林绿焰
舞蹈的酒神，恋爱的鱼

我想和你共赴一卷山海

没有华丽外衣和辞藻堆砌
没有猜忌和分离
春天绿色的书简
被阳光晒透
轻轻哼唱永恒之歌

2

春天的海岸
南国木棉花此起彼伏
炙热之心，永不寂灭

曾经，我们为世界动荡而忧伤
为遍体鳞伤的大地
和无家可归的儿童祈祷
痛苦深入骨髓
风云变幻的清晨
我试图举起彩笔
将血液流淌的图像
绘入蓝色的天空

云层撕裂，向大海
发出急促的信号
太阳在海面熊熊燃烧
我明白，无足轻重的我

是它万千火焰中的一朵
如此丰盈，却也如此忧郁

3

高山，瀑布
台风，闪电，湍流……
生命的一个又一个夏天
低吟或高昂，幻化成大海的
千万张脸孔

划桨奋力劈开两面
有时是另一个宇宙
闪闪发光
有时被风暴追击
漆黑无边

你在大海上航行
众星于无垠中垂首
众船之船，雄踞风暴中心
抬升黎明前的岛屿

不要害怕在大海里
举目无亲。假如这些语言
高过浪花的手

让拾取船骸的亲人有所慰藉
让昏厥在海滩上的鲣鸟
回到漂浮的木头上筑巢

那就让我一个人待在这里
和巨大的平静待在一起

4

一头抹香鲸
搁浅海滩，沉重的身体
被秃鹫和鬣狗分食
刺骨的风在头顶盘旋
裂开的贻贝丧失了全部水分

无辜的生命受难
大海制造出更多的幽暗
和喧响。或许
是把绝望和歉疚
带到更深处

请对诚实的大海保持缄默
词语破碎之处①

---

① 出自格奥尔格的《词语》。

它将一无所有

5

听从灵魂和肉体的安排
而不是依靠幻想去爱

你是石，是木，是水
是自由铺展的月华
不被诋毁的渴望
你气息流动在我唇齿间
仪态神圣如孩童
人世间的存在之书
只有潜入最深处
拜你为师，才能求赐
所知甚多
爱所有可见之物
而不是通过别的途径
获得短暂答案

沉舟侧畔，新月幽蓝
世界已然变化
如果我的身体不足以容纳
小鸟的歌唱，树叶的吹动
河岸的变奏，白帆的飞逝

又何必寻章摘句
像船夫一样辛劳

6

亲爱的人啊，你要轻轻移开
湖泊里的船只
和鸬鹚沙哑的叫声

你要倾听群山、河水和农田
倾听城市和乡村双重的呼吸
春天，花蕾打开
石头萌芽
幼小的雨蛙藏身荷塘
像一个笨拙的护花人

世间所有的美好事物
像潮水一样包围你
你想和逆流的鲑鱼一起孕育
用力量之火打探
一个不能回返的消息——

那汹涌而至的爱
“不是用来占有

而是用来相信”①

2025 年 4 月

① 出自玛丽·奥利弗的《在万物中醒来》。

大海一次次生出了我（后记）

我是大海的女儿。

我们生存居住的地球是一个 71% 为海洋、29% 为陆地的蔚蓝色星球，我们就活在大海蔚蓝的环抱和丰富的启示中。面对这浩瀚无垠的海洋，我不能无动于衷。

我生长在闽东的海边。大海以海产、霞光、海浪、涛声和不绝不竭的意志喂养我，并一次次地生出了我。在大海面前，我一次次重生。从少年、青年到中年，大海赠予我全新的、丰富的生命。大海让我懂得：要追寻天空一样高远的蓝！要享受惊涛过后的宁静！闽东大海这本宝典，它记载着：人与命运的搏斗、人与自然的融合共生、闽东人民向海而生的现代化生活。每一次眺望家乡闽东的这片大海，我知道它也凝视着我。我感到一道更高的目光注视着我，一束闽东之光照耀我，贯穿我的脏腑和感受。就这样，大海一次次生出了我。我必须向大海献上我的诗篇！这是多年以来的夙愿。

家乡的人们，祖祖辈辈靠海而居，把一半的梦想写在海上。海，是他们的安身立命之本，也是我的心灵之所。海水酣畅的宫殿中，有变幻的光影，也有现成的蓝调秘境，铺满奇珍异宝，也铺满肥沃乡愁。

小时候，我常常赤足跟在父亲后面，在海滩上捉螃蟹，在礁石上撬牡蛎，用得来的钱买小小的作业本，也买唐诗宋词。而父辈们则以海为家，造船，捕捞，养殖，生儿育女，终其一生。海洋，家园，春天……这是一个需要被重新构建和确认的世界。也许，海里有土地播撒不出去的种子，我们才需要长出幼小的耳朵，用来倾听和挽留。

想念大海，就去想念那些面孔黝黑、脚趾粗大的男人和女人，他们是我海边的芳邻。在梦中，在故乡的东冲半岛，我总能看见，男人用古铜色的肩膀贴着海岬，用列阵的船队摆脱险境；女人在礁盘上敲打贻贝，这石缝中的生计，祖祖辈辈从不间断。

越过海岸，是海水和星群映照的地方，人与山川大地，春天与万物，那是我秘密抵达的另一个故乡。如果通过有限的词语和个体的感知，能接通大海与浩大世界的秘密和律动，作为一个诗人，无疑是幸运的。

我的春天，是海鸥和白海豚共舞的栖息地，是历经千帆的蓝色家园，是浪花翻卷的烟雨东南，是绵延的锦绣山川与醒来的乡愁……万里海疆，我独爱黑暗中闪闪发亮的渔家少年、离家漂泊的海上养殖者，也爱独自与台风搏斗的渔妇、身怀诗书的故人。

有些人，有些事，注定要用诗歌来呈现。

词语即事物。每片海，每阵潮汐，每朵浪花，每棵树，每声鸟鸣……万物都有其神秘属性，或许也有它一明一暗的双面性，而明亮是底色。渺小如我者，置身其中，当记取好的，坦然，无心，甜蜜。

那些难以名状的，被春风抚摸过，被海水涤荡过，被永远地刻上了痕迹，轻微的，却依然是痕迹。

永恒的大海和天空，请继续赐予我名词和动词，让我完成诗歌的使命，以及生命的无限可能。

2025 年 5 月

图书在版编目（CIP）数据

入海的长笛 / 叶玉琳著. -- 武汉 ： 长江文艺出版社, 2025. 7. -- ISBN 978-7-5702-4035-7

Ⅰ. I227

中国国家版本馆 CIP 数据核字第 2025FD9144 号

入海的长笛

RUHAI DE CHANGDI

责任编辑：王成晨　　责任校对：程华清

封面设计：李　鑫　　责任印制：邱　莉　王光兴

出版：长江出版传媒　长江文艺出版社

地址：武汉市雄楚大街 268 号　　邮编：430070

发行：长江文艺出版社

http://www.cjlap.com

印刷：湖北新华印务有限公司

开本：880 毫米×1230 毫米　1/32　　印张：7

版次：2025 年 7 月第 1 版　　2025 年 7 月第 1 次印刷

行数：3924 行

定价：58.00 元